Victor l'enfant

Marie-Hélène Delval est née en 1944 près de Nantes. C'est l'habitude de lire des histoires à ses enfants qui l'a décidée à en écrire elle-même. Son imagination tournée vers la littérature fantastique l'a entraînée à peupler ses histoires d'ogres et de sorcières, mais aussi de petits enfants qui ressemblent à ceux d'aujourd'hui. Elle est rédactrice en chef de *Popi, Pomme d'Api* et *Belles histoires.*

Du même auteur dans Bayard Poche :
Le pommier canoë - Les trois sorcières - Rose cochon veut voir le monde - L'ogre (Les belles histoires)
Les sept sorcières - Le professeur Cerise (J'aime lire)

Yves Beaujard est né en 1939 à Saint-Aignan (Loir-et-Cher). Graveur en taille-douce sur timbres et billets de banques, il est également illustrateur pour la presse, l'édition pour la jeunesse (Hachette, Nathan, Bayard) et collabore avec la télévision.

Bayard Éditions est une marque
du Département Livre de Bayard Presse
ISBN 2.227.72214.2

Victor, l'enfant sauvage

Une histoire écrite par Marie-Hélène Delval
illustrée par Yves Beaujard

BAYARD ÉDITIONS

Comme une bête

Cette histoire est vraie. Elle commence il y a presque deux cents ans dans une région de France qui s'appelle l'Aveyron. Une femme qui ramassait des champignons dans la forêt revient en courant dans son village. Elle est épouvantée. Elle raconte :

– J'ai vu une espèce de bête qui courait à moitié debout, à moitié sur quatre pattes, avec une crinière noire sur la tête.

Le lendemain, les chasseurs fouillent la forêt. Les chiens ont vite fait de flairer la piste de cette bête bizarre qui grimpe aux arbres et galope entre les buissons. La bête se réfugie dans un trou. Mais quand les

chiens l'encerclent, elle attaque. Elle plante férocement ses dents dans la gorge d'un chien. Les chasseurs se précipitent. La bête est prise. Alors l'un des chasseurs lui jette sur le dos une chemise. Car ce qu'ils viennent de capturer, ce n'est pas une bête, c'est un enfant, un garçon nu, au corps noir de terre, aux ongles longs et durs comme des griffes, c'est un enfant sauvage.

On enferme le sauvage à la gendarmerie, comme une bête dans une cage. Il est sale et il sent mauvais. Il grogne et il mord. Quand on lui apporte à manger, il renverse les aliments, il les roule dans la poussière et il les pétrit avec les doigts avant de les enfoncer dans sa bouche. Le commissaire soupire :

– C'est dégoûtant ! Vivement qu'on nous débarrasse de cet animal-là !

On envoie l'enfant sauvage à Paris, dans une sorte d'école où l'on soigne les enfants sourds-muets.

Tous les journaux parlent de lui. Les gens s'imaginent que le garçon va raconter des choses extraordinaires sur sa vie dans la forêt.

Des curieux viennent pour le regarder de près, et ils n'arrêtent pas de poser des questions aux infirmiers :

– Qu'est-ce qu'il mange ?

– Pourquoi il ne dit rien ?

– Il est méchant ?

– Vous dites qu'il a onze ou douze ans ? C'est impossible !

– S'il avait douze ans, il parlerait !

Le garçon ne les regarde même pas. On dirait qu'il n'entend rien. Il reste accroupi dans un coin et il se balance d'un côté et de l'autre. Les visiteurs sont déçus. Ils s'en vont en haussant les épaules :

– Ce n'est qu'un pauvre idiot. On ne lui apprendra jamais rien.

Près de Paris habite un jeune médecin. C'est le docteur Jean Itard, qui soigne les enfants sourds. Quand le docteur Itard apprend qu'on a capturé dans les bois un enfant sauvage, il est très intéressé. Il en parle avec madame Guérin qui s'occupe de son ménage et de sa maison.

– Voyez-vous, dit le docteur Itard, je suis presque sûr que ce garçon n'est pas un idiot.

Madame Guérin remarque :

– Pourtant, tout le monde dit qu'il est comme une bête !

– Bien sûr, s'écrie le docteur, et c'est bien normal, il n'a jamais vécu avec des humains ! Il ne sait ni marcher debout, ni parler, ni s'habiller, ni manger dans une assiette. Mais aucun enfant n'invente ces choses-là tout seul !

– Pauvre garçon, soupire madame Guérin, tout nu, tout seul dans la forêt ! Il s'est sans doute perdu, il y a longtemps...

– Non, dit le docteur Itard. Il a une longue

cicatrice au cou. On a sûrement voulu le tuer quand il était petit et on l'a abandonné dans la forêt. Mais sa blessure a guéri et il est resté en vie.

Le docteur Itard garde le silence un moment. Puis il dit :

– Madame Guérin, je vais prendre cet enfant chez moi. J'ai décidé de l'éduquer pour essayer d'en faire un garçon comme les autres. Ce sera très difficile, je le sais. Est-ce que vous voulez bien m'aider ?

Madame Guérin est une femme bonne et généreuse. Elle accepte.

Vivre dans une maison

Le jour où le docteur Itard va chercher le garçon à l'école des enfants sourds, il fait froid et il pleut. Le garçon est dehors, accroupi dans une allée, il tourne son visage vers la pluie.

Les morceaux d'une chemise déchirée collent sur sa peau mouillée. Le docteur Itard murmure :

– Il ne sent donc pas le froid ?

Le directeur de l'école remarque :

– Il ne sent pas le chaud non plus. Je l'ai vu prendre dans ses mains des braises rouges qui avaient roulé hors de la cheminée : il n'a même pas crié.

Quand Jean Itard arrive chez lui avec le petit sauvage, madame Guérin les attend sur le pas de la porte. Elle est très émue. Elle dit doucement :

– Bonjour, mon garçon. Tu vois, maintenant, tu as une maison. Tu seras bien avec nous.

Le docteur Itard sourit :

– Vous avez raison, madame Guérin. Il faut lui parler beaucoup. Personne ne lui a jamais parlé.

Madame Guérin prépare un bain pour le garçon. Elle lui coupe les ongles et les cheveux. Il a l'air heureux dans la baignoire. Il tape dans l'eau en poussant de petits cris. Le docteur Itard s'approche avec un récipient d'eau brûlante. Madame Guérin veut l'arrêter :

– Vous êtes fou, docteur, le bain est déjà trop chaud ! Ça fume, et je peux à peine y plonger la main.

Mais le docteur verse quand même l'eau brûlante dans la baignoire.

Le garçon n'a pas l'air de trouver le bain trop chaud.

– C'est incroyable ! s'écrie madame Guérin. On dirait qu'il ne sent rien du tout !

Le docteur Itard explique :

– Cela fait douze ans qu'il vit tout nu. Sa peau est devenue insensible. Je veux apprendre à ce garçon à sentir la différence entre le chaud et le froid.

À force de prendre des bains très chauds, le garçon devient plus sensible. Le matin, quand il est en chemise et qu'il sort du lit, il commence à avoir froid. C'est comme ça qu'il se décide à s'habiller tout seul. Et même un jour, brusquement, il éternue. Madame Guérin s'écrie :

– C'est la première fois que je l'entends éternuer !

– Oui, dit le docteur Itard, c'est bien la première fois. Regardez, il en est tout effrayé !

Le docteur Itard et madame Guérin sont très patients avec le garçon. Mais ce n'est pas facile tous les jours ! Au début, il fait ses besoins n'importe où. Il tripote les aliments avec ses doigts et il les met dans ses

poches. Il déchire ses habits et quand on veut lui mettre des chaussures, il hurle, il mord et il se roule par terre. Parfois, le docteur Itard se fâche :

– Je vais te montrer ce qui arrive aux méchants garçons comme toi !

Et il l'enferme dans un placard. À cette époque, on punissait souvent les enfants ainsi. Le placard, c'était « le cabinet noir ».

Le garçon a très peur de cette punition. Même la nuit, quand il était dans la forêt, il ne faisait jamais aussi noir que dans le placard.

Peu à peu, le garçon devient propre. Il arrive à se servir tout seul d'une assiette et d'un couvert, à boire dans un verre. Mais après les repas, il fait souvent une chose étrange. Il remplit son verre d'eau et il va boire à petites gorgées, près de la fenêtre, en regardant les arbres du jardin. Quand elle le voit ainsi, madame Guérin soupire tristement :

– Pauvre garçon ! Je suis sûre qu'il regrette les ruisseaux où il allait boire quand il était libre dans sa forêt !

Avoir un nom

Les mois passent. Le garçon s'est habitué à vivre dans une maison. Il ne parle toujours pas, mais il sait bien se faire comprendre. Un soir, alors que le souper n'est pas encore prêt, il prend la soupière vide dans le buffet et il l'apporte à madame Guérin qui se met à rire :

– Ah ! tu as faim ! Eh bien, aide-moi !

Madame Guérin prend le pot à eau et elle le retourne pour montrer qu'il n'y a rien dedans. Aussitôt, le garçon va remplir le pot et il le pose sur la table.

– Oh ! bravo ! s'écrie madame Guérin.

Le garçon se retourne et sourit. Alors le docteur Itard dit :

– J’ai déjà remarqué qu’il entendait particulièrement bien le son « o ». Ça me donne une idée. Nous ne lui avons pas encore trouvé de nom. Puisqu’il aime le son « o », on pourrait l’appeler Oscar !

– Ou bien Victor, dit madame Guérin.

À cet instant, le garçon se retourne à nouveau.

– Vous avez vu, docteur ? Il aime ce nom, Victor.

Madame Guérin prend le garçon dans ses bras en répétant :

– Victor ! Tu es mon petit Victor !

Le docteur Itard espère toujours arriver à faire parler Victor. Il essaie d'abord de bien lui faire distinguer les différents sons de la voix, en commençant par les voyelles. Comme Victor est souvent distrait, Itard lui bande les yeux. Puis ils font un jeu tous les deux. Quand le docteur dit « a », Victor doit lever le pouce. Quand le docteur dit « e »,

Victor doit lever l'index. D'abord, ces exercices amusent beaucoup Victor, et il rit tout le temps. Mais quelquefois, il ne fait plus très attention. Il lève n'importe quel doigt ou même tous les doigts à la fois.

Un jour, le docteur se fâche :

– Fais donc un peu attention, Victor !

Victor n’a pas l’air de comprendre. Alors le docteur lui tape sur les doigts avec une baguette quand il se trompe. Victor croit que c’est un nouveau jeu. Il rit encore plus. Le docteur s’énerve. Il tape de plus en plus fort avec sa baguette. Soudain, Victor cesse de rire. Sa bouche se met à trembler et des larmes coulent sous le bandeau qui lui cache les yeux.

Le docteur Itard est bouleversé : Victor pleure ! C’est la première fois qu’il pleure. Le docteur arrache le bandeau, il berce Victor, il le console :

– C’est fini, ne pleure plus, mon petit.

Le garçon se calme, mais il a compris la punition. Ensuite, il fait beaucoup plus attention et il ne se trompe presque plus.

Certains soirs, il est tellement fatigué qu'il saigne du nez. Alors madame Guérin se fâche :

– Ça suffit, docteur ! Cet enfant est épuisé. Vous le faites travailler des heures et des heures, ce n'est pas humain !

Parfois, au milieu de la nuit, Victor se lève. Il descend dans le jardin. Et il reste longtemps immobile, dans le clair de lune, à respirer la nuit.

Des leçons difficiles

Le docteur Itard fait travailler Victor plusieurs heures par jour avec des morceaux de carton découpés. Il lui apprend les formes et les couleurs. Avec des objets, il lui fait faire toutes sortes de jeux pour exercer sa mémoire. Un matin, le docteur déclare à madame Guérin :

– Victor fait beaucoup de progrès. Je vais essayer de lui apprendre à lire et à écrire. Comme ça, même s'il ne réussit jamais à parler, il pourra s'expliquer mieux qu'avec des gestes.

Le docteur Itard invente donc un nouvel exercice. Il prend une clé, une plume, un peigne, un livre, un marteau. Il les accroche à une planche et il écrit sur des cartons le nom de chaque objet. Victor comprend très vite qu'il faut accrocher chaque carton sous le bon objet. Le docteur est content.

– C'est bien, Victor ! Nous allons faire quelque chose de plus difficile.

Le docteur va mettre les objets dans une autre chambre. Puis il montre à Victor un mot sur un carton, par exemple PEIGNE, et Victor doit aller chercher l'objet. D'abord, il a beaucoup de mal. Il ne sait pas vraiment lire. Il essaie seulement de se souvenir du dessin des lettres. Il oublie le nom de l'objet demandé. Alors il revient et, en faisant des gestes, il demande au docteur de lui montrer encore une fois l'écriteau. Peu à peu, il réussit à se souvenir. Itard est fier de son élève :

– Vous avez vu, madame Guérin ? Victor a de plus en plus de mémoire !

Madame Guérin embrasse l'enfant :

– C'est bien, mon petit. Tu as assez travaillé. Viens goûter.

Mais soudain, le docteur Itard regarde Victor d'un air soucieux.

– Je me demande s'il a bien compris. Quand je lui montre le mot PEIGNE, il va chercher le peigne, mais a-t-il compris que le mot PEIGNE est le nom écrit de l'objet ? A-t-il compris que les lettres forment des mots et que les mots ont un sens ?

Le lendemain, le docteur fait une autre expérience. Il ferme à clé la chambre où il a mis les objets. Puis il montre à Victor le carton LIVRE. Tout joyeux, Victor se précipite pour aller chercher le livre qu'il connaît. Quand il voit que la porte est fermée, il est

très malheureux. Le docteur fait semblant d'être étonné. Il va à la porte, il la secoue, il dit :

– Mais qu'est-ce qu'elle a, cette porte ? Elle est fermée !

Alors il montre encore à Victor le carton LIVRE et il lui fait signe de chercher dans la pièce autour de lui. Il y a des livres sur une table et sur les étagères. Mais Victor ne comprend pas. Il veut aller chercher le seul livre qui sert d'habitude à l'exercice. Il ne regarde même pas les autres livres. Le docteur Itard se sent découragé. Il se met à crier :

– Je perds mon temps avec toi, pauvre petit idiot ! On aurait mieux fait de te laisser

dans ta forêt ou de t'enfermer avec les fous pour le reste de ta misérable vie !

Victor regarde le docteur. Il n'a sans doute pas compris les mots, mais il a bien compris le ton. Son menton se met à trembler et ses yeux se remplissent de larmes. La colère du docteur s'arrête aussitôt. Il serre le garçon dans ses bras.

– Pardon, Victor ! C'est ma faute. C'est moi qui suis un imbécile. Je m'y suis mal pris. Tu ne pouvais pas comprendre !

Quand Victor est consolé, le docteur prend plusieurs livres sur une étagère. Parmi ces livres, il y en a un qui ressemble tout à fait à celui qui sert d'habitude à l'exercice. D'un seul coup, le visage de Victor s'illumine. Il saisit le livre et il le montre d'un air triomphant.

À partir de ce jour, tout va mieux. Victor comprend que le mot LIVRE désigne tous les livres, et pas un seul.

Victor ne sait toujours pas parler. Mais il a compris que les choses ont des noms et que les mots qu'on lit ou qu'on écrit veulent dire quelque chose.

Les saisons passent. Victor a presque l'air d'un enfant comme les autres. Un matin d'hiver, il se réveille et il court à la fenêtre. La neige est tombée pendant la nuit. Alors, pieds nus, en chemise, Victor se précipite dans le jardin. Il se roule dans la neige comme un petit chien joyeux et il en met plein sa bouche en riant aux éclats.

Une terrible épreuve

Un soir, le docteur Itard demande :

– Victor est-il heureux avec nous, madame Guérin ? Ai-je raison de le faire tellement travailler ? Quelquefois, je me demande s'il n'était pas mieux dans sa forêt !

– Oh ! docteur ! s'écrie madame Guérin. Dans la forêt, il était plus seul qu'une bête. Maintenant, il sait que nous l'aimons et il nous aime.

– Vous croyez, madame Guérin ?

– J'en suis sûre ! Quand vous lui dites bonsoir dans son lit, toujours il vous prend la main et il l'appuie sur sa joue.

– Les chiens aussi viennent se frotter contre vous pour être caressés ! dit le docteur Itard.

– Ne dites pas ça, Victor n’est pas un petit chien ! Vous vous rappelez le jour où il s’est perdu en promenade ? Vous vous rappelez comme il m’a embrassée quand je l’ai retrouvé ?

– Oui, madame Guérin. Mais il vous a d’abord flairée comme un chien avant de vous reconnaître !

– Vous dites toujours vous-même que son

odorat est resté plus développé que celui des autres enfants. Les bébés aussi arrêtent de pleurer quand ils retrouvent l'odeur de leur mère !

– C'est vrai, madame Guérin. Mais Victor ne parle pas. Il ne parlera sans doute jamais. Et je me demande s'il n'est pas seulement devenu un petit animal bien dressé.

Madame Guérin ne répond rien. Le docteur Itard va et vient dans la pièce.Soudain, il s'arrête et dit :

– Madame Guérin, j'ai bien réfléchi. Je veux savoir si Victor comprend ce qui est bien et ce qui est mal, ce qui est juste et ce qui est injuste.Je vais faire une chose brutale et méchante. Mais il faut que je le fasse pour savoir !

Le lendemain, le docteur Itard fait travailler Victor pendant plusieurs heures. Victor est très attentif. Il réussit tous les exercices. Il s'attend à être félicité, il l'a bien mérité. Mais brusquement, le docteur jette par terre les cartons et les cahiers, et il se met à crier :

– C'est mal, Victor ! Tu ne fais pas attention! Allez, méchant garçon, au cabinet noir !

Il attrape Victor par le bras et le tire vers le placard.

D'habitude, Victor ne se révolte pas quand il est puni. Mais cette fois, au moment où le docteur ouvre la porte du placard, Victor se débat et il résiste. Le docteur Itard essaie de le pousser de force. Alors Victor est pris d'une telle fureur qu'il donne des coups de pied, des coups de griffe, il attrape la main du docteur et il la mord de toutes ses forces.

Le docteur Itard a lâché Victor. Sa main lui fait si mal qu'il en a les larmes aux yeux. Mais ce sont aussi des larmes de joie. Il dit :

– C'est bien, Victor. C'est bien, mon petit. Tu as eu raison. Tu avais bien travaillé et je t'ai puni. Tu as compris que c'était injuste. Je suis heureux, Victor !

La fuite

Les jours passent. La vie continue pour Victor, avec les repas, les exercices, les promenades.

Un jour de grand vent, Victor prépare son manteau, son chapeau. Il est impatient d'aller se promener. Il aime toujours autant le vent, la pluie et même l'orage. Mais ce jour-là, le docteur Itard n'est pas là et madame Guérin est malade. Elle dit :

– Non, Victor, va ranger ton manteau. On reste à la maison aujourd'hui.

Victor sort de la pièce. Un instant plus tard, une porte claque. Madame Guérin se précipite à la fenêtre. Elle a juste le temps de voir Victor qui disparaît. Elle crie :

– Victor, reviens !

Trop tard, Victor s'est enfui.

Quand le docteur Itard rentre à la maison, Victor n'est toujours pas revenu. Plusieurs jours passent. On a prévenu les gendarmes. Mais Victor reste introuvable.

Le docteur Itard est très triste. Il dit :

– C'est fini, madame Guérin, Victor ne reviendra pas.

Quelques jours plus tard, le docteur est en train d'écrire. Soudain, il lève les yeux et regarde par la fenêtre.

Victor est dans le jardin. Il est sale, mouillé, ses habits sont déchirés. Il a essayé de vivre dans la forêt, tout seul, comme avant. Mais il ne sait plus, il ne peut plus. Victor n'est plus un enfant sauvage.

Le docteur Itard se lève brusquement. Il dévale l'escalier en criant :

– Madame Guérin, Victor est revenu !

Madame Guérin serre le garçon dans ses bras. Elle lui caresse les cheveux.

– Mon Victor, c'est mon petit Victor qui est revenu !

Victor est resté toute sa vie chez le docteur Itard. Il aidait au jardin et à la maison. Mais il n'a jamais réussi à parler.

Dans la même collection
J'aime lire

LA VILLA D'EN FACE

Attention, danger!

Que faire quand on a une bronchite? se demande Philippe, seul dans sa chambre. Observer ses voisins avec les jumelles de Papa, c'est amusant. Mais ce jeu peut devenir très dangereux si les voisins cachent un gangster. Philippe et sa sœur Claudette veulent en savoir un peu trop sur le mystère de la maison d'en face. Et le gangster n'aime pas du tout les curieux.

Une histoire écrite par Boileau-Narcejac et illustrée par Annie-Claude Martin.

TREIZE GOUTTES DE MAGIE

Pour l'amour de Papa

Sur la porte d'une roulotte, il est écrit: Madame Rouma voit tout, sait tout et devine le reste. Delphine va lui raconter ses malheurs: Papa a la grippe, il a mauvais caractère, il ne pense qu'à son travail et ne joue jamais avec elle... Madame Rouma lui donne une potion magique et son curieux mode d'emploi... Treize gouttes de magie suffiront-elles à transformer Papa?

Une histoire écrite par Nicolas de Hirsching et illustrée par Jean-Claude Luton.

NÔAR LE CORBEAU

Le bûcheron-sorcier

Un matin, Nôar le corbeau tombe sur une annonce dans le journal: un certain seigneur Barbedogre cherche des corbeaux pour cueillir ses cerises. Ça tombe bien: Nôar a envie de travailler. Malgré les mises en garde de ses amis de la forêt, Nôar s'envole en chantant... Mais le «travail» qui l'attend est un terrible guet-apens, imaginé par un abominable sorcier.

Une histoire écrite par Guy Jimenes et illustrée par Philippe Mignon.

DU HOUX DANS LES PETITS POIS

Tonton Louis ou tonton bandit ?

Jeannot a de la chance : son oncle Louis lui propose de l'emmener avec lui en Écosse. Mais à leur descente d'avion, stupéfaction : la police les arrête. Peu à peu le mystère s'éclaircit : Oncle Louis est le sosie d'un dangereux bandit qui terrorise le pays. Un tonton pourrait-il en cacher un autre ? Un drôle de quiproquo !

Une histoire écrite et illustrée par Yvan Pommaux.

Achevé d'imprimer en juillet 1992 par Ouest Impressions Oberthur
35000 Rennes - N° 13113
Dépôt légal éditeur n° 1307 - Août 1992
Imprimé en France